1876 Mai 11 —

# TABLEAUX
## ÉTUDES
## DESSINS ET AQUARELLES

Par JEAN-ADOLPHE BEAUCÉ

ET

# TABLEAUX
## DESSINS, AQUARELLES, LITHOGRAPHIES
ET SCULPTURES

DONNÉS PAR DES ARTISTES

---

VENTE

HOTEL DROUOT, SALLE N° 8

Les Jeudi 11 et Vendredi 12 Mai 1876

A DEUX HEURES

## AU PROFIT DE Mme Ve BEAUCÉ

ET DE

Mlle LOUISE BEAUCÉ

ÉLÈVE A LA MAISON D'ÉDUCATION DE LA LÉGION D'HONNEUR

---

EXPOSITION PUBLIQUE

LE MERCREDI 10 MAI 1876, DE 1 HEURE A 5 HEURES

---

| Me ESCRIBE<br>COMMISSAIRE-PRISEUR<br>6, rue de Hanovre, 6 | Me SCHOOFS<br>COMMISSAIRE-PRISEUR<br>42, rue Neuve-des-Petits-Champs, 42 |
|---|---|

M. HARO ✻, Peintre-Expert

14, rue Visconti, et rue Bonaparte, 20

IMPRIMERIE J. CLAYE
RUE SAINT BENOIT 7
LABOR
PARIS

# TABLEAUX
## ÉTUDES
## DESSINS ET AQUARELLES

Par JEAN-ADOLPHE BEAUCÉ

ET

# TABLEAUX
## DESSINS, AQUARELLES, LITHOGRAPHIES
## ET SCULPTURES

DONNÉS PAR DES ARTISTES

---

VENTE

HOTEL DROUOT, SALLE N° 8

Les Jeudi 11 et Vendredi 12 Mai 1876

A DEUX HEURES

AU PROFIT DE Mme Ve BEAUCÉ

ET DE

Mlle LOUISE BEAUCÉ

ÉLÈVE A LA MAISON D'ÉDUCATION DE LA LÉGION D'HONNEUR

---

EXPOSITION PUBLIQUE

LE MERCREDI 10 MAI 1876, DE 1 HEURE A 5 HEURES

---

M° ESCRIBE
COMMISSAIRE-PRISEUR
6, rue de Hanovre, 6

M° SCHOOFS
COMMISSAIRE-PRISEUR
42, rue Neuve-des-Petits-Champ

M. HARO ✱, Peintre-Expert
14, rue Visconti, et rue Bonaparte, 20

## CONDITIONS DE LA VENTE

Elle sera faite au comptant.

Les acquéreurs payeront 5 pour 100 en sus des adjudications.

---

*CE CATALOGUE SE DISTRIBUE*

A PARIS CHEZ

| Mᵉ ESCRIBE | Mᵉ SCHOOFS |
|---|---|
| COMMISSAIRE-PRISEUR | COMMISSAIRE-PRISEUR |
| 6, rue de Hanovre | 12, rue Neuve-des-Petits-Champs |

M. HARO ✱, PEINTRE-EXPERT

14, rue Visconti, et rue Bonaparte, 20.

Beaucé (Jean-Adolphe), né à Paris le 1er août 1818, entra à l'âge de seize ans à l'atelier des frères Bazin.

Il avait dix-neuf ans lorsqu'il fit son premier tableau: *le Pont de Montereau,* qui fut admis à l'Exposition et lui valut une récompense.

Beaucé peignit surtout les sujets militaires dont il avait fait pour ainsi dire une spécialité. Il avait consacré son pinceau à l'armée et il a cherché toutes les occasions de fixer sur la toile tout ce qui pouvait la glorifier.

Il se mêle aux soldats pour bien les connaître et pour reproduire avec exactitude leurs faits d'armes ou les divers épisodes de la vie militaire; rien ne l'arrête : il suit l'armée dans ses bivouacs, dans ses marches; il l'accompagne sur les champs de bataille. Il peint *Zaatcha,* élevant ainsi un premier monument à la gloire de Canrobert. Après l'Algérie, la Syrie, le Mexique. Nos dernières guerres l'ont vu tour à tour partageant les fatigues et les dangers de nos troupes, supportant les épreuves avec un courage et une constance qui lui ont valu l'estime de tous.

A l'occasion de la guerre de Crimée, il fut chargé de représenter la charge de cavalerie de Kanghil commandée par le général d'Allonville, ainsi que la prise de de Bomarsund et d'autres épisodes..

Plus tard, Beaucé accompagna l'armée d'Italie et il assista à toutes les batailles. Parmi ses différentes compositions son tableau de la bataille de *Solférino* fut le plus remarqué.

Le gouvernement l'envoya en Syrie faire des études pour le tableau de l'entrée des troupes à Beyrouth.

Beaucé fit aussi la campagne du Mexique; il en rapporta une grande quantité de croquis et de dessins. Malheureusement il y contracta une ophthalmie qui non-seulement l'empêcha d'exécuter ses esquisses, mais faillit lui faire perdre complétement la vue.

Pendant son séjour au Mexique, l'empereur Maximilien le chargea d'une importante commande qu'il ne put exécuter avant la catastrophe : un seul de ces tableaux fut achevé et envoyé en Autriche; toutes les autres toiles sont restées à l'état d'esquisses.

Il fut décoré pour son tableau de la prise de Puebla.

Lors de la guerre de 1870, il accompagna l'armée du Rhin et se trouva renfermé dans Metz pendant le siége.

C'est là qu'il contracta la maladie de cœur qui l'a emporté.

Malgré ses souffrances il put terminer le tableau de la *Prise de Pékin* qui lui était commandé; il sentait sa fin prochaine et ne voulait pas laisser son travail inachevé en pensant à sa femme et à sa fille.

Un comité, composé de MM. le général Loysel, Émile Breton, Feyen-Perrin, Gérôme, de Groiseilliez, Guillaumet, Henner, Jundt, Lambert, Lansyer, Louis Leloir, Lemaire, Eugène Leroux, Matout, Moulin, Martial Potémont, Toulmouche et Yvon, s'est adressé aux confrères de Beaucé; et les artistes, cette grande famille à laquelle on ne fait jamais appel en vain, se sont réunis et généreusement ont envoyé leurs offrandes qui donneront un résultat que Beaucé, travailleur consciencieux et infatigable, n'a pu atteindre. Le chiffre que peut produire la vente de ses œuvres sera ainsi augmenté et viendra en aide à une famille digne d'intérêt et trop cruellement éprouvée.

HARO.

# DÉSIGNATION

## TABLEAUX
### DESSINS ET AQUARELLES

### ALLONGÉ (Auguste)

1. — Souvenir de Montréal (Yonne).

Fusain.

H., 0m,53. L., 0m,74.

### ANDRIEUX

2. — Garde française.

Toile. — H., 0m,76. L., 0m,60.

### ANDRIEUX

3. — Les Derniers Moments.

T. ovale. — H., 0m,29. L., 0m,33.

## BARILLOT (Léon)

4. — Giroflées.

Toile. — H., $0^m$,27. L., $0^m$, 37

## BARRIAS (Félix-Joseph)

5. — Une Orientale.

## BEAUCÉ (Vivant)

6. — Moutons en marche ; vue du Croisic.

Bois. — H., $0^m$,40. L., $0^m$,32.

## BEAUVAIS (Armand)

7. — La Ferme de Bassecour, près Saint-Lô (Manche).

Toile. — H., $0^m$,25. L., $0^m$,18.

## BELLANGÉ (Hippolyte)

8. — Officier et Soldat prussien (1861).

Dessin.

H., 0m,28 1/2. L., 0m,36 1/2.

## BELLEL (Jean-Joseph)

9. —

Dessin.

## BERNE-BELLECOUR (Étienne)

10. — Un Soldat d'après son tableau « la Brèche ».

Aquarelle.

H., 0m,18. L., 0m,12.

## BERNIER (Camille)

11. —

## BIARD (François)

12. — La Chasse à l'eider par des femmes groënlandaises.

Toile. — H., $0^m,38$. L., $0^m,46$.

## BIDA (Alexandre)

13. — Jésus et les Pharisiens.

Dessin au crayon noir.

H., $0^m,29$. L., $0^m,21$.

## BILLET (Pierre)

14. — Laveuses au bord de la mer.

Toile. — H., $0^m,45$. L., $0^m,33$.

## BONHEUR (Auguste)

15. — Vaches à l'abreuvoir.

Aquarelle.

H., $0^m,24$. L., $0^m,34$.

## BOUGUEREAU (William-Adolphe)

16. — La Charité.

Dessin rehaussé.

H., $0^m,29$. L., $0^m,22$.

## BOUQUET (Michel)

17. — Marine. La plage de Trouville.

Dessin rehaussé.

H., $0^m,27$. L., $0^m,43$.

## BRETON (Émile)

18. — Un Ruisseau sous bois.

Toile. — H., $0^m,60$. L., $0^m,50$.

## BROWN (Mme Henriette)

19. — Pendant la guerre.

Dessin rehaussé.

H., $0^m,25$. L., $0^m,18$.

## BROWN (John-Lewis)

20. — Cavalier.

Panneau. — H., $0^m$,16. L., $0^m$,10 3/4.

## BRUNET-HOUARD (Pierre-Auguste)

21. — Femme de l'Herzégovine montrant un ours.

Toile. — H., $0^m$,35. L., $0^m$,25.

## CHAPLIN (Charles)

22. — Les petites Cocottes.

Dessin à la sanguine rehaussé de gouache.

H., $0^m$,25. L., $0^m$,17.

## COCK (Xavier de)

23. — Vaches.

Aquarelle.

H., $0^m$,23. L., $0^m$,32.

## CONINCK (P. DE)

23 *bis*. — Le Pâtre et les Lézards ; campagne de Rome.

Toile. — H., 0m,22. L., 0m,17.

## CURZON (ALFRED DE)

24. — Souvenir du lac d'Avezzano (Italie méridionale).

Fusain.

Haut. 0m,23; larg. 0m,32.

## DAUBIGNY (KARL)

25. —

## DETAILLE (ÉDOUARD)

26. — Un Soldat prussien.

Dessin.

## DORÉ (Gustave)

27. — Ecce Homo.

Dessin au fusain rehaussé de gouache.

H., 0m,63. L., 0m,45.

## DUBOIS (Paul)

28. — Étude pour une figure décorative du monument du général Lamoricière.

Dessin au crayon noir.

H., 0m,22. L., 0m,15.

## DUEZ (Ernest)

29. — Marine.

Bois. — H., 0m,12. L., 0m,22.

## FALGUIÈRE (Alexandre)

30. — Étude.

Toile. — H., 0m,24. L., 0m,19.

## FEYEN (Eugène)

31. — Italienne.

Toile. — H., $0^m$,21. L., $0^m$,16.

## FEYEN-PERRIN (François)

32. — Vanneuse.

Toile. — H., $0^m$,83. L., $0^m$,44.

## FRANÇAIS (François-Louis)

33. — Paysage. Souvenir de la vallée de Chevreuse.

Toile. — H., $0^m$,33. L., $0^m$,25.

## FRERE (Édouard)

34. — Vue prise à Écouen.

Toile. — H., $0^m$,40. L., $0^m$,32.

## FROMENT (Jacques-Victor-Eugène)

35. — Le Printemps.

Aquarelle.

Ovale. — H., $0^m,11$. L., $0^m,13$.

## FROMENTIN (Eugène)

36. —

## GASSIES. (Georges)

37. — Automne. Cerfs dans la forêt de Fontainebleau.

Aquarelle.

H., $0^m,28$. L., $0^m,38$.

## GÉROME (Jean-Léon)

38. — Croquis du Personnage de Corneille dans le tableau de Corneille et Molière « la Collaboration ».

Dessin au crayon noir.

H., $0^m,35$. L., $0^m,21$.

## GIDE (Théophile)

39. — Espagnol.

Aquarelle.

H., $0^m,33$. L., $0^m,24$.

## GILBERT (Achille-Isidore)

40. — Séléné, d'après Machard.

Épreuve d'artiste.
Lithographie.

## GILBERT (Achille-Isidore)

41. — Une Famille de Satyres, d'après Priou.

Épreuve d'artiste.
Lithographie.

## GINAIN (Eugène)

42. — Fantasia.

Aquarelle

H., $0^m,27$. L., $0^m,24$.

## GIRAUD (Eugène)

43. — Femme mauresque.

Aquarelle.

H., $0^m,41$. L., $0^m,27$.

## GLAIZE (Léon)

44. — Coquetterie.

Toile. — H., $0^m,25$. L., $0^m,35$.

## GROISEILLIEZ (Marcel de)

45. — Effet de brouillard le matin dans les plaines d'Anvers.

Bois. — H., $0^m,26$. L., $0^m,44$.

## GUILLAUMET (Gustave)

46. — Tête d'Arabe.

Dessin au crayon noir.

H., $0^m,36$. L., $0^m,29$.

## HANOTEAU (Hector)

47. — Pêcheurs des bords de la Loire.

Toile. — H., $0^m$,44. L., $0^m$,70.

## HARPIGNIES (Henry)

48. — Vue prise dans les gorges de Chateloy, près Hérisson (Allier).

Aquarelle. H., $0^m$,25. L., $0^m$,34.

## HÉBERT (Ernest)

49. — Pêcheurs du royaume de Naples.

Aquarelle. H., $0^m$,20. L., $0^m$,25.

## HENNER (Jean-Jacques)

50. — Tête d'étude.

## HILLEMACHER (Eugène-Ernest)

51. — Jeune Mère.

Dessin rehaussé.

H., 0m,27. L., 0m,18.

## JACQUAND (Claudius)

52. — Prisonniers enchaînés.

Fusain.

## JALABERT (Charles-François)

53. —

## JAPY (Louis-Aimé)

54. — Paysage; environs de Vernon.

Toile. — H., 0m,40. L., 0m,57.

## JUNDT (Gustave)

55. — Les Cerises.

H., 0m,60. L., 0m,44.

## KNYFF (le chevalier Alfred de)

56. — Marine.

H., 0m,15. L., 0m,24.

## LAHALLE (Charles-Dominique-Albert)

57. — Cuirassier.

Bois. — H., 0m,19. L., 0m,12.

## LAMBERT (Louis-Eugène)

58. — Une Famille de chats.

Toile. — H., 0m,25. L., 0m,19.

## LANSYER (Emmanuel)

59. — Paysage.

Toile. — H., . L., .

## LAPOSTOLET (Charles)

60. — Vue prise à Dieppe.

Toile. — H., 0m,33. L., 0m,25.

## LAURENS (Jules)

61. — Vue d'Orient.

Dessin au crayon noir rehaussé.

H., 0m,27. L., 0m,38.

## LAZERGES (Raymond-Hippolyte)

62. — Un Kabyle moissonneur.

Aquarelle.—

## LE GOAËSBE DE BELLÉE (Léon)

63. — Gabare bretonne dans le chenal de Bréhal.

Bois. — H., 0m,22. L. 0m,31.

## LELOIR (Auguste)

64. — Idylle.

C. — H., 0m,32. L., 0m,24.

## LELOIR (Louis)

65. — Une Bouquetière.

Toile. — H., 0m,33. L., 0m,24.

## LEMAIRE (Louis)

66. —

## LEROUX (Eugène)

67. —

## LUMINAIS (Évariste-Vital)

68. — Cavalier gaulois.

Bois. — H., 0m,23. L., 0m,16.

## MADRAZZO

69. — Tête de femme.

Toile. — H., . L., .

## MANET (Édouard)

70. — Vaches au pâturage.

Bois. — H., 0m,12. L., 0m,12.

## MARCHAL (Charles)

71. — Rêveries.

Fusain.

## MATOUT (Louis)

72. — La Reine Blanche de Castille, mère de saint Louis.

Étude pour la chapelle de Saint-Louis, à Saint-Sulpice.
Dessin au crayon rehaussé.

H., $0^{m}$,47. L., $0^{m}$,60.

## MEISSONIER (Jean-Louis-Ernest)

73. —

## MERY (Alfred)

74. — Un Piége à moineaux ; hiver.

Peinture à la cire.

Toile. — H., $0^{m}$,82. L., $0^{m}$,57.

## MOLS (Robert)

75. — Un Port.

B. — H., $0^m,14$. L., $0^m,24$.

## MUNKACSY (Michel)

76. — Tête d'étude.

## NEUVILLE (Alphonse de)

77. — Prisonniers.

Dessin.

## PALLIÈRE (Jean-Léon)

78. — Pépita.

Bois. — H., $0^m,23$. L., $0^m,18$.

## PATROIS (Isidore)

79. — Dos à dos.

Dessin au crayon noir.

H., 0m,30. L., 0m,24.

## PILLE (Charles-Henri)

80. —

## PISAN (Héliodore)

81. — Le Sommeil du guerrier gaulois.

Aquarelle.

H., 0m,15. L., 0m,25.

## POTÉMONT (Martial)

82. — Le Blessé.

Bois. — H., 0m,30. L., 0m,23.

## PROTAIS (Alexandre)

83. — La Cuisine des chasseurs à pied au bivouac.

Bois. — H., 0m,25. L., 0m,17 5.

## PUVIS DE CHAVANNES (Pierre)

84. — Le Recueillement.

Dessin à la sanguine.

H., 0m,52. L., 0m,36 1/2.

## ROTHSCHILD (Mme la baronne Nathaniel de)

85. — Vue prise à Venise.

Aquarelle.

H., 0m,27. L., 0m,41.

## ROUSSEAU (Philippe)

86. — Oranges et Champagne.

Bois. — H., 0m,15. L., 0m,15.

## SAINTIN (Jules-Émile)

87. — Le Fort de sable ; souvenir des bains de mer.

Bois. — H., 0m,22. L., 0m,19.

## SEGÉ (Alexandre)

88. — La Durande dans les roches de Douvres.

Aquarelle.

(Victor Hugo.)

## SERGENT (Lucien-Pierre)

89. — Mobile en grand'garde ; siége de Paris.

Toile. — H., 0m,30. L., 0m,48.

## STEVENS (Alfred)

90. — Pensive.

Toile. — H., 0m,16. L., 0m,12.

## TOULMOUCHE (Auguste)

91. — Tête de femme.

Toile. — H., 0m,14. L., 0m,11.

## VETTER (Hégésippe)

92. —

## VEYRASSAT (Jean-Jacques)

93. — Crépuscule.

Dessin.

H., 0m,49. L., 1m,61.

## WAHLBERG (Alfred)

94. — Les Gorges de Frochard (Fontainebleau).

Toile. — H., 0m,60. L., 0m,44.

## WYLD (William)

95. — Catane.

Aquarelle. H., 0m,18. L., 0m,28.

## YON (Edmond)

96. — La Mare; paysage.

Bois. — H., 0m,33. L., 0m,24.

## YVON

97. — Étude de bœufs. Esquisse pour le tableau : *l'Amérique.*

Toile. — H., 0m,53. L., 0m,80.

## ZIEM (F.)

98. — Un Marché au coin de la rue Rochechouart.

Toile. — H., 0m,13. L., 0m,09 1/2.

?

99. — Waterloo.

Aquarelle.

H., $0^m$,25. L., $0^m$,46.

?

100. — Tête de vieillard; étude.

Toile. — H., $0^m$,39. L., $0^m$,48.

?

101. — Tête d'homme; étude.

Pastel.

102. — Sous ce numéro les Tableaux ou Dessins non catalogués.

# SCULPTURES

## BARRIAS (Ernest-Louis)

103. — Henri Regnault.

Buste, modèle original.

## CHAPU (Henri)

104. — Esquisse du bas-relief pour le monument des victimes de Champigny.

Terre cuite.

## ÉTEX (Antoine)

105. — Bon pour un médaillon de profil, portrait, peint ou sculpté; d'après nature.

## FRANCESCHI (Jules)

106. — Statuette; réduction.

## GUILLAUME (Eugène)

107. —

## LANZIROTTI (Antonio Giovanni)

108. — Un Bon pour un buste en terre cuite demi-nature.

## MILLET (Aimé)

109. — Mobile 1870-1871.

Statuette.

## MOULIN (Hippolyte)

110. — Enlèvement de Ganymède.

Plâtre.

## OLIVA

111. — Bon pour un Médaillon soit de grandeur naturelle ou plus petit, au gré de la personne qui présentera le bon.

# TABLEAUX ET ÉTUDES

## Par JEAN-ADOLPHE BEAUCÉ

112. — Metz, 30 octobre 1870.

H., 0m,32. L., 0m,45.

113. — Présentation des Indiens Kickapoos à l'empereur Maximilien.

Esquisse d'un tableau exécuté pour l'empereur Maximilien. Mexico 1865.

P. — H., 0m,37. L., 0m,53.

114. — Le Soir de Magenta.

Toile. — H., 0m,46. L., 0m,55.

115. — Le Lendemain de Solférino.

Étude faite d'après nature.

Toile. — H., 0m,38. L., 0m,58.

116. — La Ferme de ***

Étude faite d'après nature à Solférino.

H., 0m,40. L., 0m,60.

117. — Défense de Morelia par le général Marquez.

Toile. — H., $1^m$,08. L., $1^m$,87.

118. — Le Général Méjia à San-Luis Potosi.

Toile. — H., $1^m$,08. L., $1^m$,87.

119. — Entrée du maréchal Forey à Mexico.

Toile. — H., $0^m$,80. L., $1^m$,50.

120. — Mort du colonel de Malleville.

Épisode de la guerre d'Italie.

Toile. — H., $0^m$,78. L., $0^m$,92.

121. — Épisode de la peste de Bordeaux.

Toile. — H., $0^m$,80. L., $1^m$,00.

122. — Campement en Algérie.

Toile. — H., $0^m$,77. L., $1^m$,07.

123. — Combat de San-Lorenzo.

Toile. — H., $1^m$,05. L., $1^m$,86.

124. — Chasse à courre.

Toile. — H., $1^m$,29. L., $0^m$,97.

125. — Chinois.

Toile. — H., $0^m$,33. L., $0^m$,20.

126. — Le Maréchal Canrobert.

Esquisse pour le portrait officiel.

P. — H., $0^m$,32. L., $0^m$,25.

127. — Le Dernier Adieu, 1870.

Bois. — H., 0m,46. L., 0m,37.

128. — La Curée des zopilotes au Mexique.

P. — H., 0m,50. L., 0m,64.

129. — La Prise de Zaatcha (Algérie).

Toile. — H., 1m,30. L., 1m,95.

130. — Le Combat de Kanghil. Guerre de Crimée.

Toile. — H., 1m,30. L., 1m,95.

131. — Le Combat de Kanghil.

Toile. — H., 2m,60. L., 3m,88.

132. — Tranchée devant Sébastopol.

Épisode de la guerre de Crimée.

Toile. — H., 0m,98. L., 1m,30.

133. — Le Cheval du trompette.

Épisode du siége de Metz, 1870.

Toile. — H., 0m,45. L., 0m,55.

# DESSINS

## Par JEAN-ADOLPHE BEAUCÉ

134. — Bivouac, Ban Saint-Martin.

27 octobre 1870.

H., 0m,25. L., 0m,42.

135. — Épisode devant Metz, 1870.

Dessin à la plume rehaussé.

H., 0m,23. L., 0m,46.

136. — Une Cour martiale à Puebla, 1863.

Dessin à l'encre rehaussé de blanc.

H., 0m,30. L., 0m,44.

137. — Entrée de Romero prisonnier et de sa bande à Mexico.

Dessin à l'encre.

H., 0m,41. L., 0m,58.

138. — Prussiens prisonniers après l'affaire de Peltre.

2 octobre 1876.
Dessin à l'encre de Chine rehaussé.

H., 0m,25. L., 0m,41.

139. — Avant-Garde mexicaine.

Dessin à l'encre fait à Villita de Encarnacion.

H., 0m,13. L., 0m,25.

140. — **Enterrement d'un enfant mexicain.**

Dessin rehaussé.

H., 0m,33. L., 0m,27.

141. — **Fête des chrétiens à Beyrouth.**

Dessin rehaussé.

H., 0m,18. L., 0m,32.

142. — **Portrait de l'empereur Maximilien.**

Esquisse pour le portrait officiel.

P. — H., 0m,33. L., 0m,27.

143. — **Une Revue de cavaliers mexicains.**

Dessin à l'encre.

H., 0m,14. L., 0m,31.

144. — **Les Soldaderas au Mexique.**

Dessin à l'encre rehaussé.

H., 0m,29. L., 0m,66.

145. — **Les Cuirassiers devant Metz.**

17 septembre 1870.
Dessin à l'encre rehaussé.

H., 0m,31. L., 0m,45.

146. — **Une Avant-Garde mexicaine.**

Dessin à l'encre.

H., 0m,27. L., 0m,42.

147. — **Entrée à Beyrouth, 1862.**

Dessin à l'encre rehaussé.

H., 0m,24. L., 0m,45.

148. — Épisode de la bataille de Gravelotte.

Dessin à l'encre rehaussé.

H., $0^m,21$. L., $0^m,63$.

149. — Une Ambulance.

Dessin à l'encre rehaussé.

Gravelotte, 16 août 1876.

H. $0^m,26$. L. $0^m,46$.

150. — Le Lazzo.

Gudalajara, 8 janvier 1864.

Dessin à l'encre.

H., $0^m,25$. L., $0^m,23$.

151. — Plusieurs cartons de Dessins, Croquis, études d'après nature exécutés pendant les campagnes de Syrie, d'Italie, du Mexique et 1870.

PARIS. — J. CLAYE, IMPRIMEUR, 7, RUE SAINT-BENOIT. [835]

RED. : 21

www.ingramcontent.com/pod-product-compliance
Ingram Content Group UK Ltd.
Pitfield, Milton Keynes, MK11 3LW, UK
UKHW032009260826
14628UKWH00005B/2383

9 782329 323602